KB062131

나는 매일 상처를 입는다

시작시인선 0491 나는 매일 상처를 입는다

1판 1쇄 펴낸날 2023년 11월 24일
지은이 김계수
펴낸이 이재무
기획위원 김춘식, 유성호, 이형권, 임지연, 홍용희
책임편집 박예솔
편집디자인 민성돈, 김지웅, 정영아
펴낸곳 (주)천년의시작
등록번호 제301-2012-033호
등록일자 2006년 1월 10일
주소 (03132) 서울시 종로구 삼일대로32길 36 운현신화타워 502호
전화 02-723-8668
팩스 02-723-8630
블로그 blog.naver.com/poemsijak
이메일 poemsijak@hanmail.net

ISBN 978-89-6021-744-7 04810
978-89-6021-069-1 04810(세트)

값 11,000원

*이 책은 경남문화예술진흥원의 문화예술지원을 보조받아 발간되었습니다.

나는 매일 상처를 입는다

김계수

천년의 시작

시인의 말

두 개의
심장으로 살았다
시로 오는 곡선보다
세월로 오는 직선이 많아서
시가 오지 않을 때는
한 개의 심장을 감추고 울었다

생활 뒤편의 심장을 열고
실컷 울다 보면
어느 날
비 온 뒤 맑은 이파리처럼
산과 들을 건너
한 개의 심장이 상처를 드러내어
반짝거리고 있었다

상처 없는 그리움은 꽃이 될 수 없으므로
그리움은 감기처럼 낫는 것이 아니므로

차 례

해 설

사람이 운다는 것은

향기를 내뿜는다는 것은
꽃이 우는 일이다
새들이 우리가 모르는 먼 땅으로
가는 것도 우는 일이 먼저다
낡은 엽서에 적힌 한 편의 생명이
묘지에서 수취인을 잃어 가는 저녁은
또 우는 일의 나중이 아니겠는가!
나이테 틈틈이 밀어 올렸던 푸른 혈액을
기억하며 굳어 가는 썩둥구리도
톱질 소리에 섞여 운다는 것을
향기를 다한 꽃나무
바람 소리에 울음을 듬뿍 버린다는 것을

그래서, 사람이 운다는 것은
제 안의 순한 향기를 내뿜는 일이다
순한 생명을 잇는 일이다

그대로부터 가을

이제 푸름은 산 끝에서 멈추어
다시
휘내리칠 틈새 비 내린다

색이 빠진 어두운 골목에서 흔들리며
흔들리다가
얼마나 자주 되돌아보았던가!

먼 그곳에 오래 아는 사람이 있어
언제나 가을은
그대로부터

견딤의 무게

높고 넓은 저 팽나무
노랗게 달아올랐던 잎 떨구어
마음이 조금 가벼워졌으리라

그리움을 밀치던 오래고 먼 그대는
내 안부를 떨구어
마음이 조금 가벼워졌으리라

겉이 가벼워진다는 것은
속을 단단히 옭매는 일
저리 가벼워져야 오래 견디는 것을

오래 잊은 너

구름에 가려
희미해진 달
너 보는 것 같다
쌀쌀해져
방 안에서
주인 잃은 시집 한 권
너
보는 듯하다

너를 견디는 힘으로
가을은 저절로 깊어 간다

억새꽃

이별이 주는 고통의 감각을 익혀야 한다
사랑에 대한 부작용의 꽃이었으므로
겨울이 오고 있으므로
억새꽃이 핀다는 말은
하늘을 향한 그리움이 닿은
마침내 푸른 직선의 침묵 같은 것
가을이 다 가기 전에
부서진 날개가 저수지에 박혀 허둥거리는
고추잠자리
날개를 안아서
부푸는 억새꽃 바람에 날려 보아야 한다
그러면
억새는 바람에 더욱 흔들리고
나는 가을을 울먹울먹하면서
오랫동안 해 지는 쪽을 바라보아야 한다
가을이 가고 있으므로

상처 없는 그리움은 꽃이 될 수 없으므로

쑥부쟁이

풀섶 쑥부쟁이
곱게 피어 쑥스럽게 비빈 자리마다
가을이 바스락거리며 쓰러진다
지리산 작은 골짜기 돌돌 말린
물소리 청아하게 단단해지고
해가 지면
희었던 구름 스스로
붉게 무너지는 산골에 남아

연보라 물든 꽃잎의 끝자리
작은 흔들림으로
그대의 온기를 떨치고
그대의 발걸음을 잊어 가야지
가을은
산골짜기 흩어진 바람으로 혼자 가는 것
쑥부쟁이 곱게 펴진 부끄러움으로
어느새 혼자 사라지는 것
나는 떠나가고
쑥부쟁이 핀 자리에 당신은 남겨 두어
그대의 발끝에서 멀어지다 보면

>

멀어져서

쑥부쟁이 너마저 발끝으로 보면

구절초

아버지가 허수아비로 서 계시는
가을 여섯 시,
휘어진 벼 포기처럼 빼곡히 들어찬 나이를 딛고
지금은 사라진 청계골 논두렁에 자란 구절초
여름 황소를 먹여 살린 논두렁이
시퍼런 조선낫에 베어 바지게 가득 실리는 내내
소가 싫어한다며 구절초 줄기는 남겨 두셨다

가을이 오는 동안 바람이 왔고
비가 내리고 햇살이 스미어
흰 꽃살이 환하게 박혔는데
구절초 남기고 가신 아버지는
알 수 없는 상형문자로 구름으로나 오시거나
철없는 손자들의 풍경화로 나타나기도 하였다

구절초를 남겨 놓은 아버지의 기표와
구절초를 소에게 한 번도 먹여 보지 않은 나의 기의는
수십 년이 흘렀어도 서로를 물끄러미 바라보고만 있었다

텃밭을 일구면서 밭두둑이나 길섶에 피어난

구절초는 그냥 피게 두었는데
그때마다 그 꽃은 집으로 돌아오는 나를 물끄러미 바라보고 있었다

들에는 어둠이 지붕처럼 구절초를 감싸고 있었는데
한두 번 꽃잎의 하얀 눈시울을 챙겨 오는 날이면
가을이 끝날 때까지 침묵은 낙엽처럼 우글거렸다

대추

씻을 새도 없이 쓰러진
아버지 가을 손등으로 갈라져
쭈글한 붉은 대추나무
전에 살았던 사람이 심어 놓았다는
큰 대추나무에서 대추가 빈 마당에 떨어진다
개미들이 마른 대추를 땅속으로 분해 중이다
허가받은 거대한 식품 공장이다
강아지는 대추를 하늘로 돌돌 던지며
장난질이다, 아니 말리는 중이다
지치면 돌돌 까서 먹는다

껍질 겹겹이 쌓인 둥근 바람을 까서 먹는다
살 속까지 침투한 살찐 햇살을 핥아 먹는다
대추나무 늙은 세월이 개의 식욕에서 깨어난다

강아지나 개미나
예의는 한껏 차려서
씨는 여물게 남겨 둔다
여기저기 가을이 씨앗으로 남아돈다

시월의 농사 일기 1

이른 아침 가을바람 속에서
생무청의 냄새가 난다

방아깨비
갉아 먹은 자리마다 퍼렇게 멍이 차고
배부른 민달팽이
새파란 그늘 곁에 잠들었나 보다
물 주던 밭 주인은 우체국에 갔을까
감나무 아래 자전거는 비스듬하고
쑥부쟁이 바람에 마구 흔들려서는
논바닥이 벌겋게 달아올랐으리라
바짝바짝 입 속이 말라 갔으리라

물 주던 밭 주인은 주막에나 들렀겠지
우체국 갔다가 들을 소식이 없어
멍이 든 제 가슴만 흠뻑 적시겠지
흐멍흐멍 걸어서 큰 마을을 지날 때쯤
생무청 가을바람 냄새 맡으며
정신이 번쩍 들겠지
꺾은 들꽃 내던지고 아이쿠, 술 깨겠지

시월의 농사 일기 2

사진을 찍어야지
통통 살 오른 들의 꽃과 풀을 담아야지
간간이 하늘의 구름도 바람으로나 쓸어 담고
밭두렁에 걸친 괭이 그림자 건너뛰고
바짝 여위어진 전봇대도 눕히고
경운기 낡은 후미등도 피하고
밤나무 높은 비닐 깃대도 날리고
고르고 골라 담은 것들은
억새꽃의 흔들리는 졸음이며
그 졸음에 겨운 구름 흰 몇 조각
구절초며, 쑥부쟁이며, 개미취며
그런 것들을 새긴 바람까지
한곳에 모아 사진을 찍어야지

나는
무릎을 꿇고 땅바닥에 엎드려서
꽃보다 낮게 더 바싹 흙바닥에 누워서
그대 보시라고
멀리 그대 보시라고

시월의 농사 일기 3

네가 생각나는 날
하루의 시작은 별이 뜨는 밤이었다
계수나무 노랗게 익어 가고 풋사과 향기
토해 낼 때
나의 시작은 서성거렸고
너의 끝은 별처럼 멀었다
주막집에서 돌아오면
별들은 쏟아져 감나무 잎에 내리고 있었다
그러면 고라니가 젖은 골짝을 찢어 놓았고
나는
말려 놓은 고춧대에 불을 붙여
산짐승의 외로움을 덜어 주었다
고춧대 타고 남은 빨간 잔불에
마른 들깻대를 올려놓으면
골짜기마다 구수한 냄새가 가득 차고
갑자기 허기가 밥벌레처럼 찾아왔다
별을 바라보면서
산물에 밥을 말아 허겁지겁 배 채우고 나면
저기 끝은 달아나고 별은 더욱 빛났다

피는 꽃을 보고 쓰는 편지

피는 꽃을 보고 네 생각을 했지
네 생각이 나서 꽃이 보였는지 알 수 없지만

어제는 편지를 들고 무작정 우체국으로 갔지
우체통만 바라보다 돌아왔지
우체국의 기능이 바뀌었다고 했지
그동안 편지를 쓰지 않았기 때문인지
빨간 제비가 그려진 갈색 가방이 보이지 않았지
손잡이가 닳아 버린 자전거도 보이지 않았고
우체부는 밤색 얼굴이 아니었고 수염도 없었지
돌아오는 길에 믿을 것은 바람뿐이라고 생각했지
꽃 속에서 웃던 너의 얼굴이
희게 떨어지고
다시 피어날 꽃들에게서
네 얼굴을 찾아 편지를 써야지
꽃을 보고 네 생각이 난 건지
네 생각이 나서 꽃을 보게 된 건지
알 수 없지만
빨간 우체통이 입을 다물고 있었지
쓰던 편지를 들고 그냥 돌아왔지

집념

마른 들깨 뽑아 내고
양파를 심는데
호미질마다 네 얼굴이 나온다
흙을 골라 너를 캐내고
양파를 심는다
걸어 나가지 못한
풀벌레 소리 애연스러워
다시 너를 심는다

벌써
매운 집념 한 조각
싹이 돋는다

단풍
—10월 29일의 단풍

단 · 단 · 히 벼른 말을
내뱉지는 못하고
입 안 가득 할 말이 넘쳐
입이 퉁퉁 부어오르고
참아 낸 말들이 몸 안에 가득하여
얼굴 핏줄이 선명하게 팽창해지고
날뛰는 단어들의 힘으로
점점 몸이 붉게 달아오르더니
퐁!
말들이 한꺼번에 쏟아진다
쏟아진 말들이 쌓인다
쌓인 말들이 차례대로 눕는다

누구도 제대로 기록하지 못한
압사당하지 않은 말들

한 발짝이다

감나무에서
벌겋게 달아오른 전구가 떨어진다
그믐밤 환하던 것이 이지러진다
허물어진 자리에 새가 돌아앉는다
덩달아 낙엽이 한 발짝 멀어진다
서럽게
사라지는 것은 빠르고 희미하다

오고 가는 것은
모두 한 발짝이다
다가서는 것도 한 발짝
멀어지는 것도 한 발짝
한 발짝만 다가서면 만남이다
한 발짝만 멀어지면 이별이다

자화상

내 안에서
가을이 성큼성큼 걸어 나간다
낙엽처럼 스스럼없이 떨어진다
스스럼이 없다는 것은
당당하게 자기를 버리는 일
자기 안에 비밀을 감추지 않았다는 것
뒤돌아보지 않아도 된다는 것

내 안에서
가을이 성큼성큼 걸어 나가고
나는 몇 개의 바스락거림을 만지작거리며
시린 가슴을 지나간 사람들을 생각한다
잊어야 할 것을 잊지 않으려는
풀잎을 일으켜 세우는 건
이제 바람이 할 일
스스럼이 없다는 것은 얼마나 다행인가
비밀이 없다거나
뒤돌아보지 않아도 된다는 것은 부러운 일

다만

돌아가야 되지 않겠느냐고
낙엽이나 낚는 거미를 설득해 보아야 한다

고양이를 찾습니다

기다리는 네가 오지 않는
저녁, 그림자를
잔뜩 안고 있는
대문의 가슴팍은
얼마나 자주 덜컹거렸는가!
나뭇가지에 걸린 새의 깃털처럼 엷게 떨리는
빈 문턱이여

아무도
두드리지 않는
대문의 가슴팍에 수없이 박힌
바람의 무늬로
너는 천천히 불안을 넓혀 갔는가
너의 길고도 편한 가르릉이 사라진

남은 밤은
너의 부재로 넓고 편안하겠지만
얕은 발자국 빗소리는
그저
아침이 조금 일찍 오는 풍경일 것이다

>

그저

멀다고 생각했던

부재중의 아침이

일찍 다가서는 소리일 것이다

산나물

봄은
어머니가 따사로운 햇살에
슬쩍
넣어 데쳐 놓은 산나물

어찌 저리 고운 연두색을
아침마다
펼쳐 놓으셨을까
산이며 들이며 계곡이며
입맛 따라 봄을 데쳐서는
연하고 부드러운 연두 산길에 뿜어내고
어머니 발걸음
오며 가며 자식처럼 가벼웠으리라

아, 4월의 봄은
어머니가 고운 햇살에
슬쩍슬쩍
데쳐 놓은 산나물

봄의 목록

맨손으로 마른 풀 걷어 내면
거푸집 아래 봄의 목차들 빼곡하다

마른 갈댓잎으로 휘이 저어 내면
슬금슬금 봄의 목차들 일렬로 일어서서
읽을 수 있는 문장들 물속을 기어다닌다

얼어붙은 땅속에서
봄 한 권을 출판일에 맞춰 엮느라
어찌나 수고로웠는지
목차마다
행간마다
멈칫멈칫 솟아오른 발목들이 노랗게 부었다

망설인 애달픔 사이사이
부드러운 낭송이 시작된다
온전한 책 한 권 가져다주는 것은
흙과 물과 바람의 일
나는 그냥 서서 기다리기로 하는 햇살의 2월

봄꽃에 경배하라

2월의
꽃이 일어나는 곳으로
2월의 잎이
알려 주는 곳으로
엎드려 경배하라

아직 피어나지 않은 꽃이여
아직 돋아나지 않은 잎이여

추운 공포와 어둠을 모두 이겨 낸
찬란한 개척자에게
두 손 모아 공손하라

아직 피어나지 않은 꽃이여
아직 돋아나지 않은 잎이여

낙엽

거미줄에
이파리 하나 붉다

나는
놓아줄 자신이 없어 울고
너는
되돌아올 마음이 없어 흔들린다

저문 사람들도 가끔은

점심시간쯤
시장에 가 보면
뻥튀기 장수는 부스러기 뻥튀기를 먹고
떡장수는 쉰 떡을 먹고
과일 장수는 쪼그라진 과일을 골라 먹고
노점상 할머니는 바람 든 무를 깎아 먹는다

모자란
제 살림을 허무는 것이 밥이 못 될 것도 없지만,

어쩌겠는가
가끔은,
저문 사람들도
제 그리운 날들을 뜯어 먹고 살지 않던가!

문상

꽃이 놓인 자리
서로 모르는 신발이 가지런하다
눈짓의 소리로 놓인 꽃자리
서로 다르게 걸어온
길고 다른 방향이
꽃잎처럼 한자리에 놓였다

가지런한 걸음이
정情이다

나는 매일 상처를 입는다

나는 상처 따위에 잠을 이루지 못한다
밤늦은 소쩍새 울음소리에 상처받고
일어나서는
배고픈 어치 울음에도 상처를 받는다
새의 울음이 새들에게는 상처인지
행복인지 따지는 경우도 없이
함부로 상처를 구겨 넣는다
어제는 도로 공사장에서 길을 막는
현장 감독관의 안내를 무시하고
그냥 지나치고서는 황당해하는 그의 모습에서
상처를 받았다
언젠가는 후배와 술집에서 술을 마시다가
일하는 아가씨에게
2만 원의 팁을 주면서 낄낄 웃었는데
밤새 주차비 6천 원에는 종일 상처가 되어
불쾌한 그것을 숨긴 적이 있다
오늘은
온 동네 골목과 하늘과 이웃집 처마에
바쁘게 드나들면서
우리 집에 거처를 정하지 않은 제비에게도

상처를 받는다
집 마당에 심어 놓은 튤립의 꽃잎이
내 발걸음에 떨어져도
모이를 찾던 새 떼들이 내 애정의 눈빛에
날아가 버리는 것에도
어제 읽은 시의 말이 생각나지 않는 아침에도
무탈하신가? 안부에도 답변이 늦는 애인의 문자에서
비 내리다가 갑자기 맑은 햇볕이 돋는 날에도
나는 상처를 입는다

상처를 입는다는 것은 깊은 사색이었다가
날마다 가슴 안에 실패로 남는다
상처는 나의 고독, 나의 감옥
나는 고독과 나의 감옥 안에서
폐허의 모습으로 상처를 사랑하리
꽃송이를 만지면서 나는 상처 입으리
흐르는 비에 젖어서 나는 상처 입으리
이름 모를 여인을 몰래 사랑하다 아무 때나 이별해서 상처 입으리
상처는 나의 든든한 배후

이별 후

가을은
잘 다듬어진 당신의 상처

기억이 아니 날까 두려운
이름 하나를 낙엽처럼 눕혀 놓고
당신의 상처를 눌러 기생하는
철 지난 싸구려 시詩 같은 것

어떤 말에 '하지만'이라고
변명 붙드는 순간
가을은 연애의 실패자

키스하기에는
적당하지 않은 계절이었다고
당신이 말했어요
비 오는 날
스친 당신의 입술이 말했어요
그것은
방향이 서로 다른 육체의 운동이라고요
방향이 서로 다른 키스는 달콤했을까요?

>

아,

그러다

저수지 높은 언덕에서 계절이 뛰어오고

있어요

그대의 아침 운동처럼

잘 다듬어진 상처가 뛰어오고 있어요

칡꽃

사람이 절실하게 만든 속도를
사람이 긴박하게 속도를 버리는 방지턱
그런 장치 없는 바다 위
걸리는 거라곤
새들과 구름, 바람뿐인
방지턱 하나 없는 하늘 위에서
아니면
도무지 속도를 계산하지 않는
숲속에서
너를 불러 놓고
가만히 너를 불러 놓고
칡꽃차를 마시며 기다리고 싶다

기다리는 동안
칡꽃 다시 피어나리라
과연, 네가 올 수 있다면

편지를 쓰고 싶다

여러 날 가뭄이 계속되고 안부마저 시들기 시작했다
마당에 잡초를 뽑다가
태양을 피해 몸을 꼬며 풀 죽은
그것들을 그냥 두기로 한다
목마른 어린것들을 잡아 비트는 것은
가문 시절에 할 짓이 아니다
어차피 사라져야 할 불필요한 생명은 없다, 라는
생각 끝에 불필요한 막걸리를 부어 마셨다
부어지는 투명한 마음 옆에 누군가 있었으면
싶어, 어린 감나무 잎같이 두툼한 종이에
잎보다 더 푸른 청매실의 색깔로 편지를 쓰고
싶어진다
메마른 이파리에 부어지는 투명한 하늘의 손길로
흰 구름과 푸른 잎과 마른 흙이 젖어 갈 때
해가 시드는 서쪽으로 바람이 길게 드러눕고
감나무 그늘마저 데려가려 할 때
푸른 편지 하나 건네어
당신에게 남은 내 사랑을 거슬러 받고 싶어진다
그리하여
무사한가!

풋눈

바람 끝에 온종일 하얀 꽃 피었다
들뜬 바람 가지에
작은 꽃 매달아
허공을 돌고 날아
마른 대지 위에
솔잎 끝에
한 송이
두 송이 조심스럽게 떨궈 놓는
바람의 꽃

하아, 저 꽃 봐라

꽃 피었다고
사람보다 전화기가 더 바쁜데

벚꽃 아래 지나는 나이 든 여자들
'하아! 저 봐라! 저 봐라!'
꽃 보며 뭐라 하시는데
오래도록 '저 꽃 봐라, 저 꽃 봐라~' 하시면 좋겠다는 생각을 하는데

남자의 가슴에도 봄이 옵니까?
당돌하게 묻고 돌아서는 여자의
엉성한 목덜미에 흰머리가 이미 꽃인데

오늘도 집 잃은 똥개 몇 마리는
똥구멍 피멍 들게
봄을 울어 쌓는데

이래저래
짧은 봄이여,
길게 아프다

소나무꽃

꽃인지 몰라서
모여드는 눈길이 없는 꽃
아무도 이름 짓지 않는 꽃
모든 봄의 바람을 따라
세상 구석구석
가루로 흩어져서 부서지는 꽃
보셔요! 꽃이라니까요
꽃으로 사랑받고 싶다고
눈길 받아 사랑해 보자고
나도 꽃이다
나도 꽃이다
나도 꽃이다
가루로 달려드는 노란 투정

이제 너도 꽃이다

꽃이나 피우고 가거라 싶어

5월에 들어서자
텃밭에 잡초가 무성해진다
나물처럼 부드러운 잎 올리고
엄청난 번식력을 감춘 개망초
꽃의 하양을 가늠할 수 없다
장마가 시작되기 전 어차피
예초기에 베어질 것들이라
더 자라기 전 뿌리를 뽑아 버릴 생각에
괭이를 집어 들자
뒤따르던 강아지 나를 멀리한다
꽃 필 수 없으면 일찍 포기하는 것도 나쁘지 않겠다
싶어서
괭이를 공중으로 휘젓는데
어머니 흰 머릿수건이 놓인 듯 개망초꽃 환하여
허공에서 괭이질이 멈춘다
아직 몽글어지지 않은 아주 작은 꽃망울
이왕 세상에 왔으니
꽃이나 피우고 가거라 싶어
꽃이나 피우고 가거라 싶어

그래 오늘은 네가 꽃이다

내게 꽃 소식을 전하지 마세요

내 굳은 손가락을 펴서
내 얼어 버린 발가락을 움직여서
당신이 모르는 낯선 꽃집에서
프리지어 한 묶음을 사기 전에는
내게 꽃 소식을 전하지 마세요

내 무딘 발품으로
꽃 한 송이 사지 않는다면
무슨 이야기로 봄을
맞이할 수 있을까요

수없이 피었다 지는 당신의
얼굴이 꽃으로 남을 리 없잖아요
당신이 모르는 낯선 꽃집에서
프리지어 한 묶음을 사기 전에는
내게 꽃 소식을 전하지 마세요

그대가 전하는 꽃 소식으로
내가 먼저 저물게 된다면
그대가 전하는 꽃 소식으로
그대가 먼저 저물게 된다면

감자꽃

비 오시다가
갑자기 할머니 속치마 같은
감자꽃 잎 위로
우박이 탁, 탁, 탁, 쏟아진다
한바탕 하얀 직선이 녹아 가는 동안
할머니가 가만히 안은 것처럼
감자꽃, 얇은 떨림도 없다
법륜이 맺히는 목탁 소리 엷어지는 동안
알알이 영그는 어린 감자를 살피는가!

나도 누군가의 마음을
우박처럼 툭, 툭, 툭, 치기만 하던
시절이 있었는데
끝내 꽃으로 오지 않는 사람이 있었지
언젠가
햇살이 오고 바람도 사소하게 와서
감자꽃 잎으로 나를 감쌀 것인가

붉은 작약꽃 고개 저어 웃는다

밥 짓는 아내

출근길 잠깐 내걸린 목마른 아침처럼
어느 집 담장에 걸쳐진 어젯밤 이불처럼
에어컨 실외기에 쌓인 거미줄 공복처럼
수없이 내 가슴 밖에서
꽃으로 서성이던 아내가 밥을 짓는다

쌀뜨물 안에서
손톱이 문지방처럼 반들반들 빛나고
그녀의 체구보다 큰 주방 기구들이
곤봉체조 선수의 능란한 손놀림같이
다져지고
무쳐지고
더하고 나눠서 밥을 짓는다

헤어지기로 한 날 아침
피슝–, 피슝–
밥솥 가득 하얗게 피어나는
아내의 꽃 짓는 소리
멀리 헤어지기로 한 날
아내가 밥을 짓는다

황사 같은 시詩

내가 쓰는 시에도 치료가 가끔 필요한 법인데
심장 치료 잘 한다는
서울대학교 심혈관질환 전문의처럼
명쾌한 진단과
저 지리산 어느 골짝에 별을 찍어 내는
시인의 맑은 눈빛으로
내 외진 시를 좀 치료해 줬으면 좋겠는데

오늘은 산도 들도 꽃도 구름도
황사 때문인지
노안 때문인지
깨끗하지가 않아서
내 눈에 든 것은
저 독한 외로움뿐이라서
뿌연 막걸리로 흐릿함을 씻어 내는데

어제가 보름이었는데

겹치다 1

장마철 공사판처럼
무한정 썩는 시간
상처 없는 과거와
아픔 없는 미래와
불안한 내가 겹치는 새벽
참 쉽게 나를 빠져나가는
무한정의 사람들과
혼동과 신神들의 움직임
겹치는 시간의 틈에서
바쁘게 숨 몰아쉬는
불안한 겹침

겹친다는 것은 존재의 공물

겹치다 2

엉망으로 술이 취해
거리와 거리 사이 무한정 썩는 시간
마지막 손님 내보내는 일성소주방에서
밤 2시의 알림이 들린다
온정과 냉정이 뒤바뀌는 건조한 알림이
남자의 가슴에서 울려 나온다
어디든지 오를 수 있었던
끝까지 버틸 수 있었던
저녁과 어둠 사이의
크나큰 동력이 끊어지는 소리
골목마다 꽉 찼다

시간마다 이어지지 않는
동력을 끌어안고
드라마처럼 이어지지 않는
기억을 끌어안고
밀착되지 않는 세상의 당신들을 끌어안고
이스트 먹은 도로를 나뒹구는
참 따뜻한 안부,

당신의 대리는 곧 도착합니다

고양이가 남자를 먹었다

길고양이가 남자를 먹고 있다

동트기 전, 골목 담장 아래 늘어져 잠든 남자를 뜯어먹고 있다 까슬한 혓바닥으로 입과 입술을 핥아 조금씩 아주 조심스럽게 쏟아 버린 내장을 빨아 먹고 있다 제 몸이 쉽게 뜯겨 나가는데도 움직임도 없다 용감하고 무쌍한 남자의 목소리 고양이 입 속으로 쓰러지며 사라진다 내장 깊은 객기 뿌연 거품처럼 흘러내린다 소화 덜된 욕설이 뭉텅이고 작은 돌처럼 동글동글한 자존심은 구정물이 되어 위벽을 적시고 있다

남자의 하루를 싹싹 핥아 먹은 고양이는 자동차 밑에서 수고한 손발을 다듬는데, 잠에서 깬 남자가 비틀거리며 시동을 건다 남자가 헐거워진 육체를 싣고 빈속을 서류 가방 속에 챙겨 들고 비워진 용감무쌍을 채우러 집을 나선다

길고양이는 매일 새벽 남자를 기다린다

구멍섬*

소문으로만 기억하는 인연이 있어
쌓인 기억 위로 또 쌓이는 소문을
이제는 차마 열어 볼 수가 없어
차가운 파도를 뚫고 다가오는
허기진 소문을 밀어낼 수가 없어
그해, 겨울밤
한 사내가 제 몸에 구멍을 내고
쌓인 소문을 배설하는 것을 보았다
찰방찰방 빛나는 별빛으로도
더는 뜨거워지지 않는
제 가슴에 구멍을 내고
울렁울렁 울고 있는 사내를 보았다

이글거리며 솟아오르는 그리움이
벼랑에 부딪혀 구멍이 난 섬

* 구멍섬: 통영시 한산면에 위치한 섬.

그리움이거든

잊은 지 오래된 그녀가 생각나
푸른 잎처럼 팔랑이며 다녀온 밤나무골
밤나무가 많아서 밤나무골
밤 줍는 그녀를 좋아하여
오후마다 허리를 굽히고 밤 자루를 채웠지
어린 처녀의 알맹이로 남고 싶었지
그 밤나무 잘리고 쓰러졌지만

그날 밤나무 달빛 사이로 들려주었던
당신 아버지의 고장 난 경운기 소리
정신없이 혼례를 치른 당신 어머니의 인생과
밤 줍기가 가장 힘들었다는 가을 이야기
그리고 꽃과 풀들과 이슬 묻은 전설들
이젠 중년의 좁은 길이 되어
품고 품어 온 자잘한 정情도 쓰러졌지만

가끔 팔랑이며 찾아갈 곳이 있어야겠기에
아내도 알지 못하는 비밀이 있어야겠기에
밤 자루 묵직한 그리움 아껴 두는 수밖에
그리움이거든 깊게 그리워해야지 싶어서

장날마다 밤을 한 자루 사서는
아내에게 말없이 던져 주고 말았지
밤마다 빛나던 눈동자는 쓰러졌지만

그림자

눈물에 그림자가 있다면
그건 그리움일 것이야

그리움에 그림자가 있다면
그건 외로움일 것이야

그러나
너무 그립거나
너무 외로우면 그림자조차 없을 거야

그립거나 외로운 사람은
자기 그림자마저 지워 가며 걸어가기 때문이지

꽃 절도 사건

꽃만 나누려 했던 것이지
비싼 물건을 훔친 것도 아닌데
무슨 큰 죄를 지었다고
젊은 사람들이 꽃 찾으러 왔나?

꽃 좀 가져간 게 그리 큰 죄냐
너무 이뻐서 집에서 보려고
몇 뿌리 가져갔는데
무슨 큰 도둑질도 아니고
늙으면 예쁜 것도 나누지 못하겠네
예쁜 것은 서로 나누고 살아야지
보는 사람이 많아야 꽃들도
자꾸 이뻐지지

햇볕 좋은 아침
아름다움을 나누지 못한 죄
꽃 주인 금선이는 그냥 웃고 섰다

달 뜨고 별 피었네

새소리 줄어들고 찬바람 잦아들면
저수지는 제 물결을 가다듬기 시작하네
매일 조금씩 비워지는 논바닥을 바라보며
한철 당당했던 상수리 울음이 한가득이고
의롭게 자리한 소나무 저리 흔들리면
붉은 달 하나 뜨고
어린 별 여럿 피어나네
아직은 이른 저녁
바람의 껍질들이 모서리로 밀려나고
정수리 훤하게 갈겨니 달아나면
다듬어진 물의 완력들 달빛에 눕기 시작하네
붉은 달 곱게 누벼지고
어린 별 총총 뛰어노네

모닥불 피워 밤안개 펼쳐 볼까요
밤의 허리를 졸라 부서진 달빛 모아 볼까요
어린 별 투명한 유리병에 담아 걸고
갑자기 질펀한 연애편지나 써 볼까요
쉽게 가지 않는 계절의 주둥이를 틀어잡고
비워진 논바닥의 허기처럼 야위어가는

깊은 달밤의 발바닥에서 대답을 꺼내 볼까요
우표 하나 달지 않는 무구無垢의 밤하늘에
붉은 달 하나 뜨고
어린 별 여럿 피어나네

통영 장어집 금선이

손질한 장어를
손님에게 구이로 내는 금선이 손가락이 굵다
손등이 두툼하니 주름마다 복 겹쳐 살았겠다
시금치, 마늘종, 풋김치, 무나물, 고사리를
먹어 비워지는 그릇마다
듬뿍 채워 주는데
술 취한 일행이
손님한테 없는 것이면 뭐든지

채워 주냐고
가끔 외로움도 채워 주냐고 물으니
사람마다 그리움의 파도가 다르고
외로움은 사람마다 길이가 다른데
어떻게 간을 맞춰 주겠나
그따윈 손님 술잔에 홀로 버무리라 답하면서
금선이는
장어를 노릇하게 굽는 것이다

그렇지
사람마다 살아온 물결이 다른 법이라

그리움도 외로움도 같을 수야 없지
내 잔 속을 들여다보며
그녀가 버무려 주는 훈수를 맵게 말아 마셨다

돈이 되는 세상

흔하다고 하는 수많은 돌 중에서도
흔하지 않게 돈이 되는 돌이 있다는데
기둥으로 쓰지 못하는 옆으로 드러누운
어떤 소나무는 수천만 원의 가치가 되고
숲의 어떤 꽃은 돈이 되고 어떤 꽃은
디딤돌 틈에서 한 생生을 보내는데
너무 흔해서 귀한 줄 몰랐던 사람 중에
친구 병대는 가난하여 흔한 병으로 죽고
코흘리개 순덕이는 사모님이 되었다는데
나는 순덕이가 주고 간 두툼한 부조금의 액수를 궁금해하며
가장 늦게까지 흔한 잘못처럼 술을 마셔 댔지만

내 흔한 밤의 족적들은 왜 무슨 잘못으로
돌처럼 나무처럼 귀한 시詩가 되지 못하고
오줌통이나 비우며 바라본 샛별처럼
날마다 희미하게 사라지는 것인가
뉘우치면서
일등이었던 병대의 마지막 밤보다
꼴등이었던 순덕이의 봉투가 더 오래 이야기되는
돈이 되는 세상에서
가장 늦게까지 흔한 잘못처럼 술을 마셔 댔지만

또 어물쩍 지나가네

마른 가시덤불에도 잎이 피어나고
도저히 피어나지 않을 것 같았던
마른 산딸기 가지에도 흰 꽃은 피어나는데
내 봄은
또 어물쩍 지나가려 하네

여전히 이름 없는 것들도 마구 피어나서
꽃으로 살아가는데
잊힌 이름 하나 생각나지 않는
빈 사랑의 계절
봄이 또 어물쩍 지나가려 하네

강철 같은 가시가 내 몸에 돋아나
누구도 나를 피울 수 없는 봄
가시덤불 아래에도
새들은 모여드는데
봄은 또 어물쩍 지나가려 하네

민들레

온종일 재방송되는 뉴스는 거름으로도 쓸 수 없다
뉴스를 아슬하게 비킨 세상의 밀정들이
내 가슴에
민들레 홀씨처럼 내려앉는다
처벌할 수 없는 뉴스를 언제까지 외면할 수 없다
뉴스가 끊임없이 만들어 내는 밀정들을 찾아
스스로 민들레 꽃씨가 되어야 한다

'당신에게서 남은 하루를 벌려 나를 온전히
밀어 넣고
밀폐되어도 보고 싶은
오늘,
폐쇄되고 짐작될 수 없는
야릇한 나를 일으켜 봅니다'라는
뉴스의 속삭임은 위험하다

밀정의 인상착의는 부드러울 것이다
먼지의 체온처럼 떨어지는 꽃잎을 달고
물 위에 내린 바람의 편안한 거처처럼 뉴스는 선물이 되기도 하겠지만,

너무 깊게 파고든 뉴스들을

세상으로 믿어야 할지

밀정으로 고발해야 할지

나는 아직도 결정이 힘들다

100년 후 신문기자는 내가 세상의 밀정이었는지

세상이 밀정이었는지 아직 밝혀지지 않았다고 사실을 규명하지 않을 것이다

밝혀지지 않는 것은 정의에 대한 사소한 갈망뿐이겠지만

무사한 하루는 다만 밀정이 강하게 바라는 것이다

스스로 역사가 되지 못한다면 민들레꽃으로도 남을 일이다

장마

멀고 멀어서
아득하다는 것은
얼마나 황홀한 것인가!

먼 그대는
검버섯 핀 얼굴로 꽃을 보시는가,
숲, 길, 나무, 꽃, 나비의 날개에서조차
바람 앉는 소리 들리는 듯한데
오래된 마음을 두드려 보고는
꽃만 남기고 돌아서는가,

어젯밤에 비가 촉촉하게 내리고
먼 그대는 황홀하게
내 꿈을 다녀가셨는지
걸을 때마다
옥수수 삶는 냄새가 퍼져오는
낡은 지붕에서 구름이 피어나오

그때의 아득한 날들 위에
그대의 황홀한 뒷모습들이
들꽃처럼 자라나고 있소

달팽이

아침에 호미로 상추밭을 다듬는데
어린 달팽이 꽃상추에 세 들었다

이슬을 털어 봐도 비켜서지 않는다
비름나물 새순으로 유혹해도
꼼짝하지 않는다

하루나 이틀 동안
꽃상추 거머쥐고 단단히 한몫 챙길 태세다

죽는 힘을 다해 어딘가에 매달린다는 것은
삶이 간절한 존재들이 할 수 있는 희망이다
죽는 것보다 살아가는 고통으로
꽃상추 잎을 붙잡을 수밖에 없어서
내 살아온 근력보다 더 크고 강하게
새겨진 걸음마다 삶의 이력 진득하다

태양은 빛나고
진득한 생명 하나
어린 농부에 비켜서지 않고 서서
꽃무늬로 살아가고 있다

밤길을 조금 걸어 보면

으깨어진 밤의 무릎부터 허물어진 지붕의 어깨까지
몽글해진 골목의 담장부터 가로등의 흰 머리까지
세상의 자리에 점령군처럼 군림하던 빛의 골격들이
낮고 넓은 하얀 적막으로 골목 가득, 가릉가릉하다
일찍이 내 모든 고백은 제사상에 잘 차려진 고봉밥 같은 것이어서
거래처 담당자의 눈매처럼 긴장감이나 흥미를 끌지 못했다
가끔 지나가는 차량의 불빛이 아니라면
늙은 아버지의 어깨처럼 굽은 가로등이 아니라면
나를 숨겨 세상에 어물쩍거리는 어둠의 조각이 되어도 좋겠다고
밤길을 걸으며 생각했다
바짝 마른 체격의 자존심들도
조금은 멋쩍어하는 가지런한 생활의 궁핍들이
밤이 되면 누구나 낮고 넓은 안개 같은 존재였으면 한다는 것을
밤길을 조금 걸으며 생각했다
만지고 찌르고 무엇이든 걸고넘어지는 짓궂은 일상들이
소년이 되어 가는 시간, 나의 소년이 야생으로 돌아오는 시간

함몰되었던 낮고 좁은 내 자존심이 일어서는 시간
한겨울 내린 눈처럼 내 발자국을 지워 주는 밤안개를 밀어내고
비틀비틀 술에 쓰러진 내가 집으로 돌아오는 시간
세상의 자리에 즐겁게 어울리던 빛의 노래들이
낮고 넓은 하얀 적막의 골목에서 가릉가릉 눕고 있다

비 오는 날에 대한 예의

비 오는 날에는
등불을 켜 둘 것
대문을 잠그지 말기
비 오는 날에는
작은, 아주 작은 불빛으로도 함께하기

스스로 걸을 수 없는
스스로 불을 켜지도 못하고
스스로 음악을 들을 수도 없는
마침내 숨을 거두는
가로등을 지켜보는 일
어떤 이별보다 쉬운 일
어떤 만남보다 쉬운 일

어떤 궁리가 갑자기 찾아왔는지
대문 앞 센서 등이 켜지고
새로 마련한 빨간 우체통에는
비를 피한 바람만이 가득하다
비 오는 날에는
가만히 지켜보는 일

어떤 이별보다 쉬운 일
어떤 만남보다 쉬운 일

새소리 단상

새소리를 '웃음'보다 '울음'에 더 가깝게 표현한
시인은 반성해야 한다

마음 여린 사람을 '새가슴'이라 홀하게 표현한
사람은 또 반성해야 한다

그리하여
시인은 새처럼 '울음'을 '웃음'으로 소리하고
작고 나직한 새의 가슴으로 살아 볼 일이다

수모受侮

바람에는 미동微動하더니,

내 그림자에 달아나는
배추흰나비 어린 날개

물결에는 미동微動하더니,

내 그림자에 달아나는
청계천 갈겨니 은빛 비늘

아껴 둔 말

생애 밑바닥 어디쯤 말 한마디 정도는 아껴 두자
셀 수 없는 여러 말들을 쏟아 내느라
육체는 지쳐 누웠고
나를 더 설명해 보려고 억지로 끌어낸 말들조차
헝클어져 비워졌을 때
그대를 나지막하게 불러 볼 말 한마디쯤 아껴 두자
겨울 언덕 얼굴 돌리고 선 억새꽃처럼
바람마저 몸에 새겨 한 사람이 오기까지
아끼고 아껴 고운 말 한마디 전해 주자
갑자기 기다리던 사람이 나타났을 때
해 주고 싶은 아끼던 말 하나쯤 간직하자
조금 더 이겨 보려고
육체를 혹사해 가며 얻은 말 속에 헛된 말들
그런 말들, 잔돌처럼 강에 던져 버리고 아껴 둔 말
그대를 만나 잔잔히 전해 주고 싶은 말
저녁이 되면
굴뚝 연기 모두 너를 향하고
내 발걸음도 저 다리를 먼저 건너가고 있을 때
그대를 어서 만나 하고 싶은 아껴 둔 말

>

끝끝내 그대 앞에 서서

소리치고 싶은

아주 헤어질 사람처럼

아주 헤어질 사람처럼
그대와 마주 앉으면 계절 어디에도 없던 당신이
내 몸 어디든지 내려앉았다 너를 바라보는 동안
물이 끓는다,
끓는다는 것은 한 가지의 과정이 끝났다는 것
이제 너의 눈빛을 보며, 나를 바라보는 너의 눈빛을 바라보며
나의 새로운 시작을 새 책의 표지처럼 반듯하게 일러야 한다

아주 헤어질 것처럼
그대의 찻잔만을 바라보던
그대의 그대는 얼마나 당당했는지 견디기 어려웠을 것이다
멈추어 선 것들만 당신의 어깨를 좁히고 있는 사이
필사적으로 목구멍을 치고 올라오는 한마디가
뺄 수 없는 화살처럼 아프게 날아왔다

"아, 너도 시작이란 걸 하는구나!"

마지막에 '시작'이란 축하를 주고받은
우리는 다시 만나지 못할 운명을 알고
한 사람은 시작의 끝을 만지작거리고

한 사람은 끝의 시작을 이야기할 때
우리는 아주 헤어질 사람처럼
함께 들어섰던 출입문을 챙겨 두었다

아주 헤어질 사람처럼 그대와 마주 앉으면
어디에도 없던 당신이
한꺼번에 찻잔 속으로 몰려들었고
마땅했던 핑계가 한꺼번에 찻잔 속에서 사라지기도 했다
아주 헤어질 사람처럼 그대와 마주 앉으면
남겨 둘 말이 너무 많았다

악몽

바람도 오를 수 없는 아득한 벽을
탕, 탕, 탕 두드리는 목수가 있습니다

밤마다 사다리를 만들어 벽을 타지만
사다리 높이만큼 벽은 더 높이 달아납니다

밤새 꿈을 꾸어 높이 올린 사다리는
몇 번씩 무너지고 다시 세우고 무너지는데
자라지 않는 것은 나무만이 아닙니다

가까스로 어깨에 날개를 달아 보지만
도저히 날 수가 없습니다
날았다 떨어지고 파닥이다 떨어지는데
바닥에는 검은 뱀이 꿈틀거립니다

우리는 언제쯤 벽을 오를 수 있나요?
아니에요, 아니에요
벽은 오르는 게 아니라 무너지기를 기다리는 거예요
눈 없는 검은 뱀들이 친절하게 대답합니다

>

사람이 가르쳐 주지 않아도 되는 것이 두 가지가 있는데요
하나는 사랑이고
다른 하나는 밤마다 꿈을 꾸는 것이에요
가르치지 않았으니 이루려고 하지 말아요

이제, 그만 잠이 들고 싶은데
오늘도 아득한 높이의 벽을
탕, 탕, 탕 두드리는 목수가 있습니다

부재중 전화

한밤
달구경 나섰다가
돌아오니
먼저 온 전화 벨소리가
방 안 가득하다
문을 여니
내 가슴 한번 쓱 품었다
안부하고 사라진다

부재중의 얼굴이
멀리서 다녀가는 중이다

내가 생각나서
달을 쳐다볼 수 없다던
수그러진 얼굴

거울

마음 같은 건 가지지 않았으면 하네
세월이나 먹는 마음 같은 건
우리는 가지지 않았으면 하네

내가 아니면 너의 얼굴을
볼 수 없고
네가 아니면 나의 얼굴을
볼 수 없어서
차마 못 살았으면 하네
죽어도 못 살았으면 하네

보리밭

하얀 꽃이 피었습니다
풀잎으로 거르고 빗은 고운 바람이
너울거리는 4월
청보리밭 사이 하얀 배꽃이 피었습니다
소나무꽃 가득 보듬은 어린 웃음 같은 햇살
보리밭에 맨살로 드러눕고
섧고 서운한 그대 4월의 끝은
어쩌지 못하는 평면의 꽃으로
피어나서 먼 저편을 바라봅니다
그대의 눈빛이 먼저 가 있는 곳
그대의 꽃들이 고개 떨궈 사라지는 곳
4월이 온통 물러가는 그곳으로
청보리의 눈들이 저편으로 쏠립니다
흰 배꽃으로 핀 그대의 발목을
움켜잡은 청보리의 손이 바람에 떨립니다
이제 기억나지 않는 이름 하나
젖은 눈시울로 지우고 꽃으로 선
그대의 입술에서
풋사과 향기가 목련꽃 노래처럼 하얗게 들려옵니다
서럽도록 아름다웠던 4월 들으시라고

충분히 아파하고 사랑했노라고
울렁이는 청보리밭 사이
그대 배꽃으로 서서

헤어질 작정으로

자주
헤어질 작정만으로도 행복했다
잔소리 많아진 아내와
회사 대표가 된 잘난 친구와
대표에게 잘 보이게 된 직장 동료와
심지어는 애인과 헤어질 작정을 하면
이어서 일어날 일들에 대해
생각만으로도 가슴이 마구 뛰었다
나는 다섯 병의 소주였다가
가로수에 걸린 흰 비닐이었다가
하늘에 먼저 자리한 푸른 별이었기 때문에
내 울화통이 허락하는 만큼
크게 우울해지고 싶었다
유리 통 속에 관계들을 쟁여 마구 헝클어
부러지는 순서를 적고 싶었다
스스로 날개를 펼치지 못하는
마른 옥상에 떨어진 소금쟁이의
팔다리가 되어 야단을 떨고 싶었다
내 어떤 행동에도 영화처럼 배경음악이
들려오지 않을 것이기에

내 울음으로라도 주위를 채우고 싶은
갈색 소금쟁이의 날개가 옥상으로부터 추락하는
마른 저녁
습관처럼
헤어질 생각만으로도 행복했다
그래서 마른 갈색이여,
비상하라!

감나무 흰가루병

감꽃 노란 살갖에 달가워하다
푸른 잎은 나무의 이치라 여기며
여름 내내 그늘만 주워 삼켰더랬지
주워 삼킨 그늘이 푸르고 맑아서
저수지에 띄운 이파리 한 잎이었지

그늘도 자꾸 지면 비가 오는 법이라
닳아진 8월 그늘이 너무 희고 아파서
나무에 남아도는 감이 없었는데
속상하여 감나무 아래 서서
무슨 약을 칠까 고민하는데
마침 지나가는 배나무집 김 씨가
한마디 하신다

'주는 것만 먹으면 되지, 뭔 고민이고?'

가난한 부고

외로운 사람이 죽었다
세상에서 가장 외로운 사람이 죽었다
만남을 끊고 스스로 고립되어
만남을 피해 끊임없이 도망치며 지은
삶의 흔적 부수며 살아온 원주민
50년 전의 약탈자는
원주민의 땅에 주인으로 남아서
외로운 죽음을 급파하고 있다

가장 흔한 외로움쯤이야
원주민이 가지고 있던 최후의 무기
가장 흔한 외로움은
가장 독한 돌림병이 되어서
전멸한 원주민의
피로부터 전파되어 나갈 것이다

외로움이 죽었으니
이제 세상에는 흔한 시인詩人이나 있을까

과잉의 시대

오, 유예된 욕망들이
한꺼번에 쏟아지는
10월의 들판으로
과잉된 목숨들이여
지나친 욕망들이여
헛된 기도로 되살아나
유예된 슬픔마저
절뚝거리며
산을 내려오고 있네
무거운 돌로도
누를 수 없는 기도여
흐트러진 관계들이여

과잉의 세월
바람으로만 집을 지을 일이다

립스틱 빨간 아가씨

그 여자를 본 적이 없습니다
빨간 입술을 본 적도 없습니다
매일 밤
그녀가 사는 3층 원룸에서 추락한
빨간 립스틱 묻은 담배꽁초를
1층 마당에서 발견하는 것이
내가
그녀를 아는 입술의 전부입니다
아침마다
내가 아는 입술의 안부를 위해
그녀가 버린 담배꽁초를 줍습니다
그녀의 담배꽁초에서
지난밤 쓰라렸을 간 수치를 측정해요
간 수치가 높게 나오는 날에는
빨간 립스틱 꽁초들이
내 가슴에서
마저 연기를 내고 3층 원룸으로 오릅니다
립스틱 빨간 아가씨는
마당에 자꾸만 쌓여 가고
나는 아침마다 그녀가 버린
배경을 주워 담습니다

울음은 언제나 생활 뒤편에서 서성거린다

울음은
언제나 생활 뒤편에서 서성거린다
바람에 떨어지는 꽃잎에도
마음 아파 상처를 입을 때
혼자의 울음은 태풍의 칼날이 된다
울음은 울음의 적이 된다
내 울음은 누군가의 단단한 고통
이름 부르지 못할 애인들의 절규
그러니, 누구든지 아프지 마시라고
술이 부르는 온갖 고백의 뒤편들에 나는 빌었다
아픈 순간에도 결코 생활은 죽지 않을 것이니
철철 넘치는 고백을 마시며 빌고 빌었다
빈다는 것은 참회한다는 것
어쩌지 못하고 울음을 토해 내는 사람들의
뒤편은 얼마나 불편했던지
나는 자주 나의 뒤편을 찢으며 웃었다
남겨진 뒤편은 늘 아팠으나
한 번도 위독해지지 않은 사랑처럼
한 번도 헤어지지 않을 사랑처럼
한 번도 편안한 적 없는 생활의 뒤편을 감추고

가장 잘 어울리는 고백의 이름으로 웃었다

울음은
언제나 생활 뒤편에서 서성거린다
그러니, 누구든지 고백 앞에서 흔들리지 마시라!
그러니, 누구든지 사랑 앞에서 아프지 마시라!

과거의 바람

누가 시키지 않은 맹물 같은 출근을 하면
한 달의 돼지 목살 건더기 같은 목숨을 던져 주었다
신선한 꽃목살 앞에서는 꽤 괜찮은 노릇이었는데
살점이 줄어들고 누더기 국물마저 졸아들 때는
사무실 공기마저 내 것이 아니었다
세월이 들면서
나의 책상 위치는 차츰 뒤쪽으로 밀려났지만
처진 모서리에 뭉쳐 있는 휴일의 묵은 바람을
밖으로 치우는 것이 건더기를 만드는 처음의 일
선풍기를 켜면 쿰쿰 소리를 내며
빠진 고양이 털처럼 뭉쳐 나뒹구는
한 움큼의 과거
별을 생각하지 않은 마음들
별과 다르게 생각하여 던져 버린 행동들
쉼 없이 뱉어 버린 과거가 저런 뭉텅이 바람으로
빈 사무실에 남아 기생하고 있었구나 싶어
천천히 몸 일으켜 사무실을
빠져나가는 과거의 바람
누가 시키지도 않았는데 나는 쿰쿰 소리를 내는
묵은 바람을 날려 보내고 커피를 마시고 컴퓨터를 켜고

메일을 확인하고 일을 시작하는데
돼지 목살 붉은 살점 같은 뱃살이 부어오르고
묵은 바람 날려 보내는 일마저 힘들어지게 되면
내 과거의 바람은 어디에서 쿵, 쿵! 소리를 내어
건덩거리며 맹물 같은 휴일을 보낼 것인가

별 뜻하지 않은 과거들이 갑자기 환하다

낙엽을 밟으며

살다 보면 태우고 싶은 날들이 더러 있다
그것은 오래도록 쉽지 않은 일
지난날 서툰 욕망과 설은 속내를 태운다는 것은
미안하고 아픈 일
그래서 낙엽을 밟는 것은 서럽고 호젓한 일
몇 걸음으로 부서지는 햇살을 밟고
바르르 소리를 내고 달아나면
비밀에 부친 항적이 재빠르게 뒤따라
스락스락 발바닥 떠 올리는 소리
고적했던 뒷마당에서 그림자 자라나고
떨어지던 별들에 어린 잎맥이 돌아
푸른 이별이 퍼렇게 터지는 소리

그래서 낙엽을 밟는다는 것은 서럽고 외로운 일
태우고 싶은 지난날들을 발밑에
감춰 놓고
한 번도
마음의 근육이 되지 못한
지난날들의 밑바닥을 피해
어서 달아나는 일

똥파리

시큼시큼
그늘이 썩어 가는 냄새
'송이찻집' 뜯어진 간판에 매달려 있다
한때는 큰손으로 이름 날렸던
생선 가게 박 씨 아저씨의 신발에도
'개인 사정'으로 쉰다는 '수월집' 앞
마지막 손님이 남기고 간 '생선 턱뼈'에도
'삐삐실비' 창문에 비틀하게 달라붙은
일수 '스티커'의 날카로운 모서리에도
'베트남식품' 모녀의 목구멍에도
시큼시큼 그늘이 핑핑 날아들어
똥을 싼다
시장 입구에서 '출입증'으로 받은
얼마만큼의 시큼한 '그늘'을 들고
얼마예요? 가격을 묻는다
일곱 마리 3만원, 두 마리 공짜
고무 다라이에 놓인 전어
잘난 놈 못난 놈 가리지 않고 팔려 나간다

셈이 부족한 것은 시장에는 울타리가 없기 때문이다

비의 발바닥

비의 발바닥을 보았다

주름 없이 나뭇잎과 꽃잎에 하얀 발바닥
빈틈없는 결기, 순한 직선의 저항
과녁을 벗어난 화살촉 같은 자유로움

솟은 근육 없이 당당한 힘, 내리꽂는 저돌성
을 숨긴 왜소한 몸놀림
막힌 곳 어디든 뚫어 내는 연약하고 끈질긴 발길질
텅 빈 뒷마당에도
뛰어내리는 비의 당돌한 용기
아, 부드러운 폭군이여!

가을 저녁 무겁게 담긴 내 발자국을 지우고
꽃과 풀의 기운을 쓸어 담으며
세상 밖 어느 구름 환한 곳에서부터
발목으로 쓸고 온 하늘의 문자를 보았다
그
대
무

사
한
가

미끼로 던져진 시詩

흔하고 오래된 시詩 하나가
맑은 저수지 바닥에 드러누웠습니다
산골 고요한 저수지에 빠진 밑바닥 시詩를
갈겨니나 소금쟁이, 심지어는 붕어새끼들도 쳐다보지 않습니다
가끔 가물치나 늙은 메기들이나 들추고 갈 뿐입니다
튀어나온 주둥이로 드러누운 시詩의 연대기를
툭 건드렸다가
획 뒤집었다가
쪽쪽 핥아도 보았다가
끝내 삼키지 못하고 버려 두고 가 버립니다
가끔 많은 비라도 오면 낯선 물결들이 일렁이러 왔다가
제목만 읽고 가 버립니다
낙엽의 등에 기대어 물 밖 하늘을
멍하니 쳐다보다가 이내 잠이 드는
물 밖에 서늘한 바람이 붑니다
진흙들이 슬렁슬렁 시詩와 찢어진 낙엽의 눈과 귀를 덮어 줍니다
어제의 낚시꾼은 돌아가고
일렁이지도 않는 밑바닥에 시간으로 드러누워 깊게 잠

길 뿐,

오늘도
어느 사람의 시詩 하나가
어두운 저수지 바닥에 미끼로 드러누웠습니다

아는 여인의 무덤

아는 여인의 무덤을 보러
가는 숲속 길
푸른 새소리 빽빽하다
빽빽하여 바람 한 점
통하지 않는다

내 발걸음 소리에
새소리 부서질까,
흘러
넘칠까 염려하여
끌고 온 육신의 무게를
신발 뒷굽으로 살금살금 흘려보낸다

욕심내며 살아온 육신의 무게
뒷굽만으로는 감당하지 못해
헉헉거리며 산을 오르는데
새소리 가볍고 푸르게
온 숲 넘쳐흐르는 사이,
그녀의 무덤 앞에

흰 국화 놓였다

한발 앞선 인연이 다녀갔나 보다

적선지가積善之家

잔디가 잔들잔들 누운 마당에
강아지들 아침마다
동그란 염주 똥을 싸고서는
뒷발로 마당 모퉁이를 힘차게 돌려 댄다
동그란 염주 뒷발로 돌려 가며
냄새를 풍기는 일이 즐거운 모양인데
얼굴도 씻지 못한 나는
집게와 삽을 들고 졸졸 주워 담아서
텃밭 고추밭 아래 묻는데
쳐다보던 마누라 따끔하게 꾸중하신다
머쓱해진 등 뒤로
땅속의 똥들이 일제히 일어서 염불하고
호박꽃이 부처의 미소처럼 벌어진다

똥 치우는 일이
아침밥을 얻는 일이라면
그리 어려울 일이 아니다

참기름집

고성 오일장
가야 참기름집
할머니 셋이서 나무 의자에 나란히 앉았다
농협 마대 자루에 수확한 깨를 담아
줄을 세워 놓고
기다리는 동안 마시라고 건넨 식혜를 마시며
달다 시원하다
공짜다, 더 무라 서로 건넨다
누구 깬데 저리 고소하노?
삼천포댁 행님 거 아이가
그 집은 영감도 없는데 저리 꼬시나?
와? 영감 없이모 안 꼬실 줄 알았나
고마 더 꼬시다
너거집 참기름은 매 볶았나
영감 노린내 나서 묵도 못하겠다
허이구!
그래도 봄에 영감탱이가 거름은 뿌려 주고 갔네
……
파장은 먼데
이제 두 홉의 농을 들고 적막으로 흩어진다

전화를 걸고 싶다

그녀에게
전화를 걸고 싶다
세상 따위에 비굴하게 졌노라고
투정하듯 전화를 걸고 싶다
　무턱대고 전화를 해서는
　찰방찰방 걸어오는 그녀의 목소리에
　설운 마음을 걸어 두고
　엉엉엉엉 동생처럼 울어 보고 싶다
　목울대 덜컹덜컹 넘어가는 설움
　한 바가지 뱉으면서
　그녀의 목소리 어딘가에 묻어 있을
　무릎 같은 편안을 찾아 앙탈하리라
　세상 따위에 졌노라고
　그저 세상에만 졌노라고
　070이 아니라 다행인 그녀의 전화를 찾아
　어린 날 아버지 따라 삼천리 연탄을 날라서
　튼튼하다던 그녀의 팔목에
　내 앙탈을 걸어 두고
　나무 그늘처럼 펴진 펑퍼짐한 위안 받으리라
　라디오 음악 방송 하는 배우 김미숙의 온화함까지는

아니더라도
불온한 세상 따위 목소리 하나로 떨쳐 버릴
그녀의 용기를 얻으리라

나의 장례식

이제 파티를 시작하려고요
사람들이 몰려오고 있어요
그냥 지나가는 사람들도 있지만
당신은 웃으며 나를 축하해 주고 있어요

오늘이 내가 주운 마지막 돌이었겠군요
죄송하지만 세상을 위한 돌이에요
그냥 아프면 되는 줄 알았는데
눈이 감기지 않아요
숱하게 돌을 던졌는데 마지막이라 생각하니 던질 수가 없어요

당신이 나를 따라 웁니다
나도 당신을 보며 우는데
눈물이 만져지지 않아요
이상해요
왜 아프지가 않지요?
당신이 내 꿈속을 지나가요
아무 말도 없이 지나가요
말을 걸고 싶은데 말이 나오질 않아요

아프던 이가 아프질 않아요
소리 지르고 싶은데
당신한테 하고 싶은 말이 있는데
입이 열리지 않아요

이제 파티를 해요
동그란 사람들 눈 속에서 내 얼굴이 보이질 않아요
앓던 '폐소공포증'이 사라졌어요
촛불이 타고 있어요
맑고 곧은 촛불이 타고 있어요
빗소리가 들리는 듯도 한데
촛불은 꺼지지 않네요
아, 그렇군요
오늘 내가 주운 마지막 돌을
던져야 해요
고통이 안 느껴지는 순간을 알아 가요
이제 돌을 멀리 던지면 파티는 끝이 나요
하나, 둘, 셋!

소미小美

달이 깬 늦은 시간
밤이랄까
새벽이랄까
모과나무 꽃그늘에
숨었던 고요의 껍질이 달빛에 얇게 벗겨진다
단맛일까? 쓴맛일까, 싱거운 맛은 아닌 적막
희멀건 골목도 묵사발 같은 이불을 당겨 덮는데
괜스레
움직이는 것들을 응시하는 기다림이 있다
이름을 잘못 지었나 싶었다
소미小美
두 달 전 집으로 들인 길고양이가 봄비와 함께 떠났다
작은 것이 반드시 짧은 인연일 필요는 없을 텐데
이별은 소소했던 모든 것이 상처가 되어 후려친다
감기 앓는 숨소리
잠들기 힘들어 입을 벌려 호흡하던 바쁜 숨소리
물을 마시며 토하며 힘들어하던 재채기 소리
안 아픈 척 장난기 섞인 눈빛으로
내 손가락을 물고 빨던
그 귀찮았던 순간이 긴 항적이 되었다

밤인지
새벽인지
길 잃은 모든 별빛이 모과나무 꽃으로 파고든다
꽃이 바람 없이도 떨어지는
꽃이 소리 없이도 떨어지는

이 별에서 시작된 슬픔의 항적이
길다

이별은

영영 가서는
바람처럼 다녀가란 말
보리밭 일렁이듯
슬금슬금 외로움을 읽고 나서는
말하지 말고 가시라는 것
가는 길에 눈빛만 안으라는 것
혼자라서
적막이 뜬 별같이 총총할 때
이 별에서는 당신이 모르는 비밀을 터뜨려도 좋을까요?
절차와 설명과 이해라는 단계를
무시해도 좋아요
이제 산 사람보다 죽은 사람이 더 많아졌어요

혼자라서
이 별에서는 잊겠다는 것
별이 뜨고
새소리 바람 소리 멎는 저녁에
보이던 것들이 안 보이면
그저 갔는가 싶게
그저 잊었나 싶게

슬며시 그대 얼굴이 잦아지게
슬며시 그대 마음이 잦아지게

마음을 이식시켜 드립니다

왕창 무너진 가슴이 보기 흉하다고 합니다
사람의 마음이 스칠 때마다 상처가 아리다고 합니다
바람이 지날 때마다 상처가 조금 아물긴 하지만
여전히 화상보다 더 뜨겁게 덴 자국,
남이 볼까 봐 엷은 옷깃으로 감추기 바쁘다고 합니다
둔한 허벅지 살을 떼어다 이식수술을 여러 번 했다고 합니다
마음으로 덴 거친 상처가 금방은 살아납니다
잘 쓰지 않았던 뒤쪽의 마음을 뭉치로 떼어다 이식수술을 했는데
마음 뭉치는 이식된 곳에서 꽤 잘 견뎌 준다는군요

이 마음 저 마음 성한 곳을 떼어다 이식을 하고 나니
마음이 한곳에 몰렸습니다
몰려 있다는 것, 그래서 서로 위로가 되기도 하는데
아, 이유 없는 이웃의 공격은 치명적입니다
이식된 마음의 세포는 원래 제자리로 뿌리를 뻗습니다

치명적인 공격을 견디느라 헐거워진 다리를 끌고

더 크고 센 마음을 이식하러 떠난다고 해서

나는 그 마음을 배웅하러 떠납니다

안개

겨울비 그친 뒤
안개가 자욱하네
퉁퉁 부은 가로등이 가르릉거리며
목을 감싸고 도네
쉽게 넘어가지 않은 겨울 한밤
머리를 박고 잠든 고양이 입술처럼
새벽은 달콤하게 읽히네
그림자를 말끔히 먹어 치운
안개의 배 속에서 잉태하는
내일이 고요하겠네

안개 하나로도
당신을 그리워할
이유가 되네

그때의 엄마

한 사발, 잘 익은 햇살을 비벼 먹은
호미가 복숭아 꽃가지에 걸터앉아
낮잠을 잔다

한 사발, 배 채운 푸성귀가 녹아 가는 동안
더디게 피던 산벚꽃
배가 터질 듯

향기로운 꽃그늘이
노란 나비의
발길질에 그만 낮잠을 깨는 동안
맨발 호미는 깨어날 줄 모르고
마른 흙먼지만 바람에 맡기고 있다

한 줌의 빈 발자국이 식어 가는 밭고랑에는
게으른 해거름만 가득하고
봄꽃으로 귀를 온통 틀어막은
호미 주인 멀리 돌아올 적에
엄마! 하고 부르고 싶은

묘소 가는 길

살아서
헤어진 사람과 다시
만나는 인연이 있습니다
살아서
한 번도 만나지 못하는 인연도
있습니다
살아서
한 번도 만난 적이 없는
사람과의 인연을 끊기 위해 묘소로 향합니다

그동안 숱하게 올랐던 언덕길에 놓았던 발자국을 투덕투덕 걷어차 일으킵니다 이제 되돌아가야 한다고 껌딱지처럼 붙은 발자국을 일으킵니다 아, 그때마다 하얗게 울리는 새소리, 그때마다 숲속에서 흐르는 찔레꽃 향기 그렇게 5월이 하얗게 무너지고 있었지만, 묘소에 먼저 다녀간 인연들은 아무렇지 않게, 무너진 틈에서 고사리를 선물처럼 꺾어 갑니다

·

묘소에 닿아
절을 하고 이별을 고합니다
무슨 말씀인가 아련히 들리는 듯한데 이내 새소리가 뭉

개 버립니다

돌아섭니다

돌아섭니다

무슨 소리가 들려오는 듯하여

뒤돌아보면

묘소 위에 소나무 그림자만 웃고 누웠습니다

누가 강할 수 있는가!

방금
맑은 햇살이 숲속 사이로 걸어갔다

비가 스스로 걸어 들어오며
상수리나무 이파리 흔들고

바람이 저 멀리서 걸어오거나
뛰어오며 비의 발자국을 털어 내는
여기 고봉리 숲속

공기의 무게를 가볍게 떠받드는
새들의 울음 우는 소리
개울가에 떨어졌던 때죽나무 하얀 꽃이
다시 피어 둥글게 둥글게 눈부시다

푸른 바람에 으깨어진
그늘마저 눈부신
여기 고봉리 숲속에서는

누가 강할 수 있는가!

해 설

향기와 같이 감정이 스며든 언어의 세계

임지훈(문학평론가)

모든 살아 있는 것은 제각기 다른 방식의 울음을 갖는다. 산새와 들짐승, 고래와 같이 물에 사는 생물들까지도 각기 다른 방식으로 운다. 그들에게 있어 울음소리란 자신이 살아 있음을 알리는 신호이면서 자신들의 감정을 전달하는 하나의 방식이다. 이는 사람 또한 마찬가지여서, 갓난아이조차도 슬프거나 괴로울 때, 혹은 배가 고프거나 어미의 사랑이 필요할 때 목청 높여 울음을 낸다. 자신이 여기에 있음을, 그리하여 자신을 사랑해 줄 것을 진심을 다해 외친다. 그런 의미에서 울음이란 살아 있음의 상징이며 자신의 존재를 알리는 필사의 방식이라 할 수 있다.

하지만 인간은 어느 순간 울음을 잊는다. 언어를 배우고,

다른 방식으로 표현하는 방법을 익히면서, 우리는 태초의 울음을 잊는다. 물론 울음을 버리고 언어를 통해 자신의 의사를 전달하는 것이 인간의 사회 속에서는 한결 성숙한 방법이라 할 수 있겠지만, 때때로 그런 의문이 들곤 한다. 과연 우리가 어릴 적 내었던 울음과 지금 우리가 발설하는 언어는 같은 의미라 할 수 있는가. 태초의 울음 속에 담아 두었던 생의 외침을, 우리의 언어는 과연 포괄하고 있는가라는 물음이다.

어쩌면 우리는 태어난 이래부터 살아감에 따라 천천히 자신의 울음을 잊어 가는 것인지도 모른다. 그 가운데 언어화될 수 있는 것만을 간직하고, 그 밖의 것들은 존재한다는 사실조차 잊어버리며 살아가는 것인지도 모른다. 하지만 과연 인간의 감정이라는 것이, 혹은 살아 있는 생물이 가지는 생의 박동이라는 것이 언어로 표현 가능한 것만이 존재하는 것일까. 오히려 언어라는 장벽에 가려져 우리는 더 많은 생의 박동을 무심결에 놓치고 있는 것은 아닐까.

그런 의미에서 울음에는 생각보다 많은 것이 담겨 있는지도 모른다. 단지 살아남고자 하는 생물의 필사적인 외침만이 아니라, 사랑을 원하는 마음에서부터 개인적인 감정, 욕동, 혹은 그 울음의 주인이 살아온 시간들이 나이테처럼 새겨져, 울음의 형태로 표출되는 것이다. 그런 의미에서, 오늘 우리가 마주한 김계수라는 시인은 시집의 첫 부분에서부터 흥미로운 비유를 동원한다.

향기를 내뿜는다는 것은
꽃이 우는 일이다
새들이 우리가 모르는 먼 땅으로
가는 것도 우는 일이 먼저다
낡은 엽서에 적힌 한 편의 생명이
묘지에서 수취인을 잃어 가는 저녁은
또 우는 일의 나중이 아니겠는가!
나이테 틈틈이 밀어 올렸던 푸른 혈액을
기억하며 굳어 가는 썩둥구리도
톱질 소리에 섞여 운다는 것을
향기를 다한 꽃나무
바람 소리에 울음을 듬뿍 버린다는 것을

그래서, 사람이 운다는 것은
제 안의 순한 향기를 내뿜는 일이다
순한 생명을 잇는 일이다

—「사람이 운다는 것은」 전문

분명 '울음'이라는 것은 성대를 지닌 동물이 내는 소리의 일종으로서, 그렇기에 시에서 '울음'이라는 시어는 청각적 이미지로 활용된다. 하지만 시인은 여기에서 꽃의 "향기"를 울음으로 비유하며, 이 후각적인 이미지 속에도 울음의 속성이 담겨 있음을 이야기한다. 생각해 보자면 한 식물이 내뿜는 향기란 한 식물이 자신의 존재를 외치고 스스로의 씨

앗을 퍼뜨리기 위한 과정이면서, 동시에 자신이 살아온 시간을 후각적 형태로 외치는 일이라 할 수 있다. 그럼에도 우리는 향기와 울음을 서로 다른 감정과 감각으로 분류하며 그것이 명징하게 분류될 수 있는 것이라 여긴다. 하지만 시의 말미에서와 같이 사람의 울음마저 꽃이 향기를 내뿜는 일에 비유될 때, 이와 같은 언어적 분류는 무너진다. 그리고 이 언어적 분류가 무너진 자리에서, 감각과 경험들, 그리고 그로부터 비롯되는 사유는 생으로부터 비롯되는 경험적 체계를 통해 다시 구조화되기 시작한다.

사실 생각해 보면 '울음'이라는 말은 어딘가 이상하고 조악한 지점이 있다. 우리는 흔히 살아 있는 생물이 내는 소리를 '울음'이라 총칭하지만, '울음'이란 그 단어의 시작점에서부터 슬픔이라는 정서가 전제되어 있다. 그렇기에 우리가 새의 소리나 들짐승의 소리 따위를 '울음'이라 표현할 때, 그러한 생물들의 이미지는 슬픔이라는 정서를 통해 재단되어 이미지화된다. 따라서 시인은 다음과 같이 일갈하며 언어를 통해 재단된 이미지로부터 벗어날 것을 촉구한다.

> 새소리를 '웃음'보다 '울음'에 더 가깝게 표현한
> 시인은 반성해야 한다
>
> 마음 여린 사람을 '새가슴'이라 홀하게 표현한
> 사람은 또 반성해야 한다

그리하여

시인은 새처럼 '울음'을 '웃음'으로 소리하고

작고 나직한 새의 가슴으로 살아 볼 일이다

—「새소리 단상」 전문

인간이 그러하듯 모든 동물도 고통을 느끼며, 행복과 만족감, 슬픔과 괴로움 따위를 느끼며 살아간다. 모든 짐승들이 제각기 다른 감정을 느끼고 경험하며 생을 살아가는데, 그럼에도 인간은 그 모든 소리를 '울음'이라 표현한다면, 그것은 과연 적확한 것일까. 시인의 사유는 바로 이 언어적 사유에서부터 시작한다. 그렇기에 시인은 "새소리를 '웃음'보다 '울음'에 더 가깝게 표현한/ 시인은 반성해야 한다"고 일갈하며 시를 열어 간다. 어쩌면 시인의 말처럼 우리는 다른 생물이 내는 소리를 통해 그것의 감정을 헤아리기보다는 그것을 다만 '울음소리'라 단정 짓는지도 모른다. 이러한 감각이 일상 생활에서는 어떠한 문제도 발생시키지는 않지만, 그럼에도 위 시의 화자는 "시인"은 그래서는 안된다고 말한다. 그것은 아마도 시인이 가진 '시인'에 대한 관념의 소산일텐데, 이를테면 '시'란 언어로 미처 다 사유될 수 없거나 포착될 수 없는 지점, 혹은 언어 너머라고 부를 수 있을 무정형의 세계를, 그럼에도 다시금 언어로 포획하고자 하는 예술적 형식의 창조자라는 강한 의식의 표현이 아닐까 생각된다. 예컨대 언어를 통해 상식화되어 있는 관념과 개념으로부터 벗어나, 몸으로 직접 세계를 느끼고 자신이 느낀 바를 언어를 통해 표현하고자 시도하는 것, 그것이 바로 김계수라는 시인이 생각하는 시의 본령이 아닐까 싶다.

고성 오일장
가야 참기름집
할머니 셋이서 나무 의자에 나란히 앉았다
농협 마대 자루에 수확한 깨를 담아
줄을 세워 놓고
기다리는 동안 마시라고 건넨 식혜를 마시며
달다 시원하다
공짜다, 더 무라 서로 건넨다
누구 깬데 저리 고소하노?
삼천포댁 행님 거 아이가
그 집은 영감도 없는데 저리 꼬시나?
와? 영감 없이모 안 꼬실 줄 알았나
고마 더 꼬시다
너거집 참기름은 매 볶았나
영감 노린내 나서 묵도 못하겄다
허이구!
그래도 봄에 영감탱이가 거름은 뿌려 주고 갔네
……
파장은 먼데
이제 두 홉의 농을 들고 적막으로 흩어진다

—「참기름집」 전문

이 시집에서 눈에 띄는 대목 가운데 하나는 유독 향토적인 풍경과 정감 어린 언어들이 자주 출현한다는 것이다. 이는 시인의 유년 시절이나 부모님에 대한 기억 같은 것이 어우러져 나타나는 심미적 풍경일 텐데, 그 가운데 눈에 띄는 것은 고성의 오일장에서 할머니 셋이 나누는 대화를 포착하고 이를 시로 옮긴 「참기름집」이라는 시이다. 이 시는 오일장 날에 참기름집에 모인 할머니 셋이 서로 나누는 대화를 포착하고 있는데, 대화의 내용이란 서로 각자 수확한 참기름의 고소함을 비교하는 소소하고 일상적인 이야기이다. 하지만 이것이 고유한 향토 언어로, 그것이 가진 독특한 질감으로 표현될 때 이 대화는 특수한 미감을 지닌 정감 어린 풍경으로 재탄생한다. 여기에 대화의 사이사이 노출되는 삶에 얽힌 상실의 경험과 인간의 유한성에 대한 살풋한 이야기들은 그 정감 어린 대화를 한 폭의 서정적 정경으로 끌어올린다.

한 편의 '시'를 위해 상황을 설정하고, 그 상황 속에서 짐짓 고뇌하는 인간의 풍경을 마주하는 것은 분명 시의 미감을 위한 정형적인 선택이라 할 수 있다. 그러나 그것만이 시가 아니라는 것을 위의 짧은 시는 효과적으로 보여 주고 있다. 단출한 생의 풍경조차도 그 안에 얽힌 시간의 흐름을 읽어 낼 때, 그리하여 대화 속에 얽힌 삶의 내력이 자연스레 드러날 때, 생의 일상적인 풍경은 훌륭한 한 폭의 시로 되살아난다. 어쩌면 이것은 위의 이야기에서 밝혔던 '향기'와 같은 것인지도 모른다. 살아온 내력과 존재가 여기 있음을 자연스럽게 표출하는 것으로서의 '향기' 같은 것이 이 시에서는 정서의 형태로 내뿜어져 나오고 있는 셈이다.

흔하다고 하는 수많은 돌 중에서도
흔하지 않게 돈이 되는 돌이 있다는데
기둥으로 쓰지 못하는 옆으로 드러누운
어떤 소나무는 수천만 원의 가치가 되고
숲의 어떤 꽃은 돈이 되고 어떤 꽃은
디딤돌 틈에서 한 생生을 보내는데
너무 흔해서 귀한 줄 몰랐던 사람 중에
친구 병대는 가난하여 흔한 병으로 죽고
코흘리개 순덕이는 사모님이 되었다는데
나는 순덕이가 주고 간 두툼한 부조금의 액수를 궁금해하며
가장 늦게까지 흔한 잘못처럼 술을 마셔 댔지만

내 흔한 밤의 족적들은 왜 무슨 잘못으로
돌처럼 나무처럼 귀한 시詩가 되지 못하고
오줌통이나 비우며 바라본 샛별처럼
날마다 희미하게 사라지는 것인가
뉘우치면서
일등이었던 병대의 마지막 밤보다
꼴등이었던 순덕이의 봉투가 더 오래 이야기되는
돈이 되는 세상에서

가장 늦게까지 흔한 잘못처럼 술을 마셔 댔지만

—「돈이 되는 세상」 전문

위의 시 또한 마찬가지라 할 수 있을 텐데, 절친한 친구의 장례식장 풍경을 담고 있는 이 시에서도 삶의 내력과 그로부터 피어나는 정서가 마치 꽃의 향기처럼 은은하게 피어나고 있음을 발견할 수 있다. 시의 정황은 다음과 같다. 친구가 병으로 죽자, 사모님이 된 동창이 고액의 부조금을 전달한다. 고인의 삶을 기리고 추모하는 장례식이라는 본래의 의미가 무색하게도, 식장에는 친구 '병대'에 대한 이야기보다 동창이 건낸 고액의 부조금이 더욱 화제가 된다.

그 속에서 화자는 다음과 같이 자신의 처지를 말한다. "돈이 되는 세상에서/ 가장 늦게까지 흔한 잘못처럼 술을 마셔 댔지만". 위의 상황 속에서 술만 마셔 댔다는 화자의 표현은 마치 화자가 할 수 있는 것은 아무것도 없다는 듯 무기력하게 느껴지기도 하지만 한편으로는 이와 같은 태도가 작위적인 일침이나 분노가 아닌 자연스러운 어느 풍경처럼 느껴진다는 점에서 이채롭다. 그러면서도 그 풍경을 "돈이 되는 세상"이라 말하는 것은 사람의 생이나 그것에 따른 가치, 혹은 그 밖의 여러 인생의 문제들을 '돈'이라는 가치의 단위로 재단하는 세속적인 사유 방식에 대한 안타까움을 드러낸다. 여기에 더불어 가장 늦게까지 술을 마시며 고인을 추모하는 시인의 자세는 우리 또한 익히 경험해 온 감정과 맞닿는 것이기에 자연스러운 슬픔의 정서를 전달한다.

이러한 의미에서 살펴보자면, 김계수의 시집이 담고 있는 미덕이란 '자연스러움'이 아닐까 싶다. 어떠한 상황에서도 단지 '시'를 위한 '시'를 쓰는 것이 아니라, 우리가 살아온 삶의 내력을 추적하며 그 안에 담긴 시간을 잘라 내어 한 폭의 정경으로 바꾸는 것, 그리하여 그 안에서 어떤 향기와 같은 것이 울음처럼 흘러나오게 하는 것 이것이 바로 김계수라는 시인이 지향하는 바가 아닌가 싶다. 그러니, "사람이 운다는 것은/ 제 안의 순한 향기를 내뿜는 일이다/ 순한 생명을 잇는 일이다"라던 시인의 말은, 단지 사람이 우는 것에만 국한되는 것이 아니라 시인이 시를 쓰는 일에도 마찬가지인 것이 아닐까 싶다. 김계수라는 시인은 억지로 과잉된 자신의 정서를 과장하여 표출하여 '시적인 것'을 인위적으로 만들어 내는 것이 아니라, 살아오며 오랜 시간 거듭된 성찰과 반성을 통해 축적된 제 안의 삶의 내력을 마치 꽃이 향기를 뿜듯 언어를 통해 시로써 표현하고자 하는 것이라 할 수 있으리라.

내 안에서
가을이 성큼성큼 걸어 나간다
낙엽처럼 스스럼없이 떨어진다
스스럼이 없다는 것은
당당하게 자기를 버리는 일
자기 안에 비밀을 감추지 않았다는 것
뒤돌아보지 않아도 된다는 것

내 안에서
가을이 성큼성큼 걸어 나가고
나는 몇 개의 바스락거림을 만지작거리며
시린 가슴을 지나간 사람들을 생각한다
잊어야 할 것을 잊지 않으려는
풀잎을 일으켜 세우는 건
이제 바람이 할 일
스스럼이 없다는 것은 얼마나 다행인가
비밀이 없다거나
뒤돌아보지 않아도 된다는 것은 부러운 일

다만
돌아가야 되지 않겠느냐고
낙엽이나 낚는 거미를 설득해 보아야 한다.

—「자화상」 전문

그러한 의미에서, 우리는 시인의 「자화상」이라는 시를 보며 그가 지향하는 시적 태도뿐만 아니라 우리는 어떻게 살아가야 하는가라는 생의 지향에 대해서도 생각해 볼 수 있을 것이다. "낙엽처럼 스스럼없이", 그리하여 "당당하게 자기를 버리는 일". 나무가 자신의 생을 유지하기 위해 자연의 순리에 따라 새로운 계절을 맞고자 스스로의 일부를 스스럼없이 버리는 일처럼, 우리 또한 새로운 삶의 국면을 맞이하기 위해서는 때때로 과거의 정념과 집착을 버려야 할는지도 모른다. 어쩌면 그 정념과 집착에는 자신에 대한 자아나 자존의 의식 같은 것도 포함될지도 모르는 일이다. 그럼에도 그것들을 스스럼없이 버리는 것, 그리하여 다른 생물들과 마찬가지로 때로 울음과 향기를 피워 올리며 자연의 순리를 따라 가는 길. 그것이 바로 김계수라는 시인이 말하는 '시'이자, 시를 통해 표현하고자 하는 '삶'의 내력이 아닐까.

우리는 종종 과함을 맛과 멋으로 오해하는 실수를 저지르곤 한다. 요리를 할 때에는 간이 센 것을 맛있다고 착각하기도 하고, 옷을 입을 때엔 화려하기만 한 것을 멋있는 것으로 착각하기도 한다. 시도 마찬가지다. 과잉된 감정과 상황의 제시 혹은 유려하기만 한 풍경의 묘사를 좋은 시라 착각하곤 한다. 하지만 시란 본래 일상 언어를 통해 완전히 표현될 수 없는 감정을 표현하고자 하는 시도이기에, 과함은 결코 좋은 시의 필수 조건이라 할 수 없다. 외려 좋은 시란 산틈새에 핀 꽃에서 나오는 향처럼 자연스레 화자의 감정을 마치 스며든 것처럼 내뿜는 것이 아닐까. 그렇게 김계수의 시가 많은 독자들의 마음속에 스며들기를 바라며, 이 고요한 시적 탐색과 여정이 오래도록 지속될 수 있기를 바란다.